Corinna Franke

Anni und Toto

Corinna Franke

Anni und Toto

(mit Zeichnungen der Autorin)

Herstellung und Verlag:
BoD - Books on Demand, Norderstedt

ISBN: 978-3-7519-1571-7

Teil I

„Ich fahr zur Bücherei!" rief Anni ihrer Mutter zu.

„O.k."

Anni bestieg ihr Fahrrad und fuhr zur Stadtbücherei.

Dort hielt sie kurz, stieg dann aber wieder auf ihr Rad und fuhr zu Toto.

Da Anni nicht lügen konnte, hatte sie diesen Umweg gemacht.

So konnte sie mit reinem Gewissen sagen, dass sie bei der Bücherei war.

^^^

Totos Eltern besaßen eine Bäckerei in der Nähe.

Als Anni dort ankam, fragte sie nach Toto und dessen Mutter schickte sie in die 1. Etage, wo sich sein Zimmer befand.

„Hallo", sagte Anni.

„Hallo", freute sich Toto.

Anni war mit ihrer Freundin Tascha vor ein paar Tagen schon mal da gewesen und sie hatten eine Art Verstecken in dem mehrstöckigen Haus gespielt.

Tascha war dabei ziemlich ungestüm gewesen.

^^^

Anni und Toto unterhielten sich ein bisschen
und Toto zeigte Anni seine Platten-Sammlung.

Anni kam auf das vorherige Treffen zu sprechen
und fragte Toto ganz offen:

„Wen findest Du netter, Tascha oder mich?"

„Dich", antwortete Toto prompt. „Tascha ist mir
zu wild.

Ansonsten hat mir das Versteck-Spielen richtig
Spaß gemacht."

^^^

Von da an holte Anni Toto an jedem Schultag ab.

Sie stellte ihr Fahrrad neben der Bäckerei ab, ging durch den Laden nach hinten ins Frühstücks-Zimmer, wo es in immer lecker nach Brötchen und Teilchen roch.

Sie setzte sich einen Moment zu Toto und seinem jüngeren Bruder, während diese aßen.

Dann fuhren sie gemeinsam zur Schule.

Beide waren in derselben Klasse des Gymnasiums in der 6. Stufe.

^^^

Anni und Toto trafen sich nun auch oft nachmittags.

Dann fuhren sie gern zu der stillgelegten, versteckten Trasse der Straßenbahn, ein paar Straßen entfernt.

Hier stand eine verrottete Straßenbahn und Anni fand es immer etwas unheimlich, wenn sie in diese hineinkletterten und sie nach etwas Interessantem durchsuchten.

^^^

Fuhr man auf der Trasse weiter, kam man zu einem schmalen Tunnel, über den die Züge zum Hauptbahnhof führen.

Nach dem Tunnel konnte man rechts abbiegen und parallel zu den Gleisen bis zur nächsten Straße fahren.

Dort ließen Anni und Toto ihre Fahrräder im Gebüsch liegen und kletterten auf die Böschung neben den Gleisen.

Dort gingen sie soweit, wie sie sich trauten.

Meistens waren noch Freunde von Toto, Mike und Olov, dabei.

Manchmal auch Annis Freundin Andi oder auch Doro, die Tochter eines Pastors, die, wie Anni später erfuhr, auch ein Auge auf Toto geworfen hatte.

^^^

Einmal, als sie von einem Ausflug zu den Gleisen zum Gebüsch zurückkamen, sahen sie mit Schrecken, dass eine alte Frau ihre Fahrräder wegtragen wollte.

Auf die Frage, was sie da mache, antwortete die Frau:

„Ich dachte, die sind gestohlen und wollte sie zur Polizei bringen."

Da hatten die Freunde noch mal Glück gehabt.

^^^

Manchmal spielten Anni, Toto und sein jüngerer Bruder im Hof der Bäckerei Tischtennis oder sie saßen im Frühstücks-Zimmer und aßen Plunder, was Anni ganz besonders gefiel.

Anni hatte ein kleines Bäuchlein, trug oft die Hosen und T-Shirts ihres älteren Bruders auf und hatte einen Seitenscheitel mit Herrenwinker.

(Erst einige Jahre später bekam Anni ein Umstyling mit Mittelscheitel und Pony und hübschen T-Shirts.)

^^^

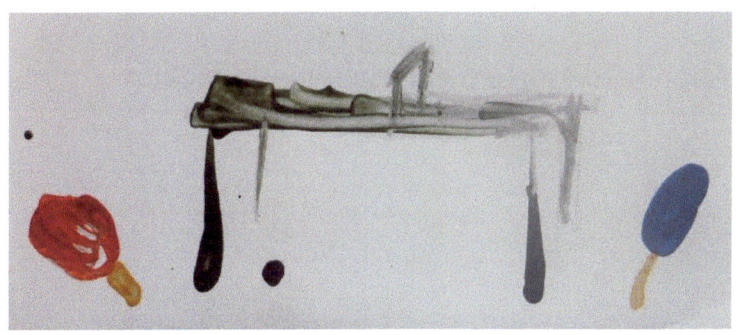

Einmal lagen Anni und Toto nachmittags nebeneinander auf Totos Bett und hörten eine ABBA-Platte.

Da vertraute sie ihm eine Geheimnis an, nämlich, dass sie von allen Mädchen in ihrer Klasse den kleinsten Busen hatte.

Aber Toto störte das anscheinend nicht.

^^^

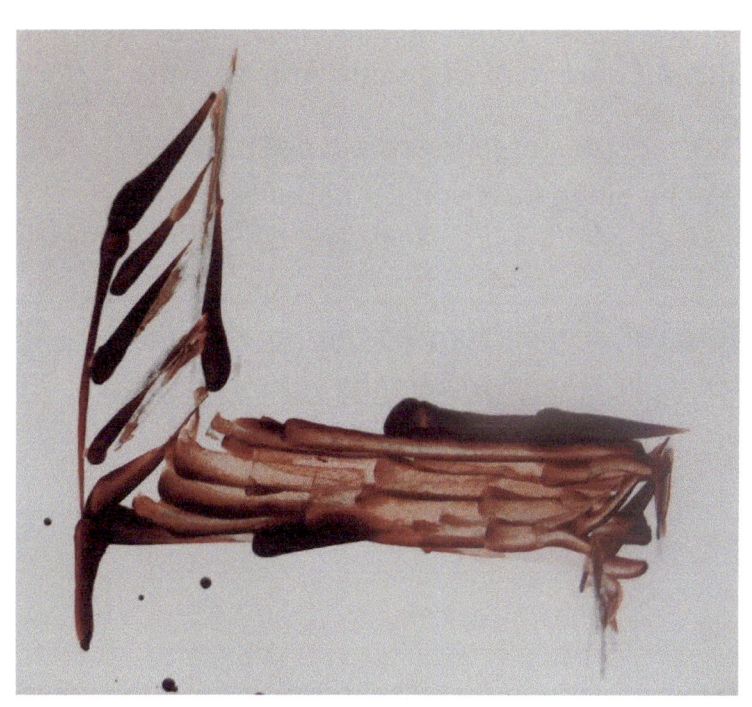

Nachdem sich Anni und Toto nun schon eine Zeit lang getroffen hatten, äußerte Anni eine Bitte an ihren Freund.

Sie waren mal wieder bei den Gleisen gewesen und auf dem Rückweg sagte Anni zu Toto:

„Ich möchte gerne innerhalb der nächsten Woche einen Kuss von Dir haben."

Toto ließ sich bis zum letzten Tag Zeit, dann schlug er einen Spaziergang vor.

Sie liefen durch die Siedlung, in der die Bäckerei lag.

Bei einer Hof-Einfahrt blieb Toto stehen.

„Hier?", fragte Anni aufgeregt.

Sie schlichen auf den Hof und Toto gab Anni unsicher einen Kuss auf die Wange.

Anni strahlte und Toto schien es auch gefallen zu haben.

Dann brachte er Anni nach Hause. Auf ihrem Hof gab er Anni zum Abschied noch einen Kuss.

Er schien auf den Geschmack gekommen zu sein.

^^^

Dann kam im Oktober Totos Geburtstag.

Viele Freunde waren eingeladen und gegen Abend, zum Zeitpunkt seiner Geburt, ließen sie Toto hochleben, in dem sie ihn hochhoben.

Diesen Brauch kannte Anni noch nicht, machte aber gerne mit.

Abends, als es dunkel war, saßen die Freunde im Wohnzimmer vor dem erleuchteten Aquarium und beobachteten die schillernden Fische.

^^^

Teil II

Weihnachten kam und ging vorüber.

^^^

Dann im Januar oder Februar luden Annis Eltern sie und ihren älteren Bruder zum Aus-Essen ein.

Etwas lag in der Luft.

Sie gingen zum Chinesen.

Nach dem Hauptgericht rückten ihre Eltern dann endlich mit der Sprache heraus.

„Wir müssen umziehen.

Vater ist versetzt worden und wir müssen in eine andere Stadt ziehen."

Schweigen.

Anni war nicht direkt traurig, aber doch irgendwie betroffen.

Was würde aus Toto und ihr werden?

^^^

Anni und Toto trafen sich weiter, als sei nichts geschehen.

Vielleicht waren sie mit ihren 11 oder 12 Jahren noch zu jung, um die Tragweite dieses Entschlusses ganz zu erfassen.

^^^

Anni feierte ihren Geburtstag im Mai mit ihren Schulfreundinnen bei Tee und Kuchen und mit kleinen Spielen.

Ihre Mutter hatte ihr vorgeschlagen, dass sie mit Toto alleine Minigolf spielen gehen sollte.

Es war ein schöner Nachmittag.

Toto schenkte ihr Mädchen-Aufkleber und ein Blöckchen mit Zetteln zum Abreißen.

Sie freute sich sehr darüber und hob sich die Aufkleber für ganz besondere Gelegenheiten auf.

^^^

Der letzte Höhepunkt, bevor Anni im Sommer umzog, war eine Party auf Totos Dachboden.

Die eingeladenen Freunde spielten Knutsch-Spielchen, wie „Wahrheit oder Pflicht" und „Süß/sauer".

Bei letzterem musste die oder der Erwählte die linke Hand hinhalten und der Spieler gab darauf einen Kuss. Sagte das Gegenüber „sauer", war das Spiel zu Ende. Sagte der Geküsste „süß", ging die Runde weiter.

Es kam dann die rechte Hand dran, dann linke Wange, rechte Wange, Kuss auf den Mund und zum Schluss ein 10-Sekunden-Kuss.

Gegen 21.00 Uhr kam die Mutter von Toto in die Dachbodenkammer und machte der Party mit den Worten: „Wenn's am schönsten ist, soll man aufhören" ein Ende.

Eine Runde „Süß/sauer" durfte noch gespielt werden.

Toto war an der Reihe und er suchte natürlich Anni aus.

Bevor er jedoch begann, erinnerte ihn seine Mutter daran, seine Zahnspange für die Nacht einzusetzen.

Na, das war ein „toller" 10-Sekunden-Kuss, dachte Anni hinterher.

Sie wusste, das würde für lange Zeit der letzte Kuss bleiben.

^^^

Zum Abschied hatte Toto noch in Annis Poesiealbum geschrieben und gemalt:

eine Hand mit einem Blumenstrauß.

Totos Mutter verriet Anni, dass Toto sich ganz besonders viel Mühe gegeben hatte.

^^^

Teil III

Nachdem Anni weggezogen war, schrieben sie sich Briefe.

Irgendwann unterschrieb Ann mit

„Gruß und Kuss

Deine Anni"

Toto reagierte mit

„Gruß und zwei Küsse

Dein Toto"

Das steigerte sich zu vielen Grüßen und Küssen, bis sie sich nach einem Jahr wiedersahen.

^^^

Anni besuchte Toto in den Sommerferien und sah chic aus, denn sie hatte inzwischen ihr Umstyling mit Pony und Jeans hinter sich.

Die beiden verbrachten einen schönen Tag mit Totos Eltern und Freunden an einem kleinen See.

Abends, als sie endlich allein waren, waren beide etwas verlegen, denn beide hatten das gleiche im Sinn.

Anni schlug vor, kleine Zettel zu benutzen, auf die sie ihre Gedanken schrieben.

Anni schrieb: „Wann haben wir uns das letzte Mal geküsst?"

Toto schrieb: „Warum haben wir uns das letzte Mal nicht geküsst?"

Dann küssten sie sich.

Anni fuhr am nächsten Tag wieder nach Hause.

^^^

Der Briefwechsel zwischen Anni und Toto ging dann noch eine Zeit lang weiter, bis Anni ihm schrieb, dass sie ihn jetzt nur noch als Brieffreund betrachte.

Daraufhin schien Toto beleidigt und schrieb gar nicht mehr.

- Ende -